LES MERVEILLES

DE

L'EXPOSITION

OU LES

MUSES A PARIS EN 1844,

Revue Artistique et Véridique

PAR P. DERMONT.

Suivie de la nouvelle Loi sur la Police de la Chasse

COMMENTÉE PAR

UN VIEUX LAPIN.

Prix : 30 Centimes.

PARIS

CHEZ TOUS LES MARCHANDS DE NOUVEAUTÉS,

AL DÉPOT, CHEZ PILOUT, LIBRAIRE,

Rue Saint-Honoré, n° 70.

1844

LES MERVEILLES

DE

L'EXPOSITION

OU LES

MUSES A PARIS EN 1844,

Revue Artistique et Véridique

PAR P. DERMONT.

Suivie de la nouvelle Loi sur la Police de la Chasse

COMMENTÉE PAR

UN VIEUX LAPIN.

ix : 30 Centimes.

PARIS

CHEZ TOUS LES MARCHANDS DE NOUVEAUTÉS,

PRINCIPAL DÉPOT, CHEZ PILOUT, LIBRAIRE,

Rue Saint-Honoré, n° 70.

—

1844

A Messieurs les Exposants.

L'éditeur de cette petite brochure a cru devoir adresser à messieurs les exposants de 1844 cette courte préface.

L'époque de l'exposition, c'est la grande fête pour les Beaux-Arts, et c'est avec une impatience aussi vive qu'elle est naturelle, que chacun attend l'ouverture de ce temple qui doit donner refuge à tant de merveilles groupées ensemble pour former un admirable faisceau. Et qu'est-ce qu'une exposition quinquennale, telle qu'elle vient s'offrir à nous sous les frais ombrages des Champs-Elysées? N'est-ce pas le rendez-vous de tout ce qui a été conçu, exécuté de gracieux, de beau, d'utile? N'est-ce pas la devise dans Horace mise en action?

L'utile et l'agréable !

Et maintenant, que quelques esprits chagrins et moroses viennent encore nous dire : — C'en est fait toute poésie est morte, les chemins de fer l'ont tuée! Les insensés! ne voient-ils pas au contraire que la vapeur c'est la dixième muse, muse que notre siècle aura vu naître! Grâce à la vapeur, la France peut être la première grande nation entre toutes les nations qui sont grandes! Honneur donc au jeune prince amiral qui le premier, a montré le but glorieux où nous pouvions arriver! Le but est marqué, la France y touchera! Oui la poésie existe, et si vous en doutez, allez-vous mêler à cette foule empressée de rendre hommage au talent, au génie! Là, vous trouverez des poètes, et de grands poètes je vous jure.

Pour mieux faire comprendre notre pensé, nous distinguerons deux sortes de poésie, celle de parole, et celle d'action. Molière, Corneille, Racine appartiennent à la première; Franklin, Jacquart appartiennent à la seconde. Corneille était un poète sublime, nul ne le contestera; mais Franklin! Qu'en pensez-vous? Croyez-vous qu'il n'était pas poète aussi à sa manière celui qui s'adressant à la foudre, lui dit : tu n'iras pas plus loin, et voici l'endroit où tu viendras expirer à mes pieds. Je ne vous parlerai pas de Jacquart; en France chacun le connaît!

Notre siècle doit à la poésie tout ce qui lui reste encore de grandeur, et cependant il ose la méconnaître; l'ingrat renie sa mère : il voudrait presque l'égorger, et s'écrier, nouveau Néron : « Je veux voir les entrailles qui m'ont porté! »

L'exposition c'est le rendez-vous de toutes les poésies ! !

Là notre voix sera donc entendue ! Vous nous comprendrez vous tous qui avez bien mérité de votre pays ! Oh ! pourquoi ne nous est-il pas permis de citer le nom de tous ceux qui mériteraient une place dans cette brochure ! Mais il est beaucoup d'élus et nos colonnes sont si courtes ! Le temps nous presse d'ailleurs, nos souscripteurs attendent voilà le double motif qui nous force à nous renfermer dans un cadre aussi étroit ! Nous autres éditeurs, nous aurions voulu ne faire aucun jaloux, être justes pour chaque mérite et chaque gloire, mais l'homme spirituel qui nous a prêté le concours de son talent a fait un choix beaucoup trop limité, il est vrai, et ce choix, nous avons cru devoir le respecter ! Tous les journaux, grands et petits, ont parlé et parlent encore de l'exposition. Mais qu'est ce qu'un journal ? Une production éphémère, et qu'en raison de son format il est impossible de conserver. Dans aucune brochure on n'a encore parlé de l'exposition, considérée sous le point artistique : un ou deux catalogues voilà tout ce qui existe jusqu'à ce jour. Mais un catalogue ne fut jamais de l'art : nous dirons plus; c'est presque son ennemi, son *extrême* du moins, car rien de froid comme un catalogue, et l'art c'est le feu divin ! le feu de Prométhée, ce feu qui a inspiré tous nos grands exposants ! !

Cette brochure sera donc la première ! La première qui leur sera offerte comme un bouquet de fête, sous le nom ingénieux des *Muses à Paris*, notre poète a composé une fable spirituelle, rapide — beaucoup trop rapide — grâce à cette fable, il a passé en revue Paris et les *merveilles* de l'exposition. Comme dans ces pièces de Molière où l'intermède joyeux venant à la suite de la vraie comédie, nous avons placé à la suite de cette brochure, la fameuse *loi sur la chasse* commentée comme on le verra ! un grand nombre de souscripteurs nous est déjà assuré, nous avons donc pu livrer cette brochure à un prix très minime. Disons-le, d'ailleurs, c'était plutôt une offrande offerte aux Beaux - Arts, qu'un calcul de notre part.

(*L'éditeur.*)

LES MUSES A PARIS.

PROLOGUE.

Pégase, inspire-moi, je chante le voyage
Des Muses dont souvent tu portas le bagage :
Je vais dire en mes vers leur départ de l'Ida,
Pour elles de fâcheux ce qu'il en résulta.
Le Parnasse arrêté par un sergent de ville ! ! !
Quel attentat ! grands dieux ! à dire difficile ! !

Mai parfumé, cinq fois a ramené les fleurs
Depuis que l'Industrie aux Muses, ses neuf sœurs
A fait le long récit des succès de la France,
Et des nouveaux travaux, germes en espérance
Que le soleil ardent de la fécondité
Doit conduire au grand jour de la maturité.
Dans cette occasion elle leur fit entendre

Que sa visite un jour on devrait la lui rendre !

« Sœurs, avait-elle dit, un destin rigoureux

» Doit-il vous enchaîner pour toujours dans ces lieux ?

» Si l'on ne peut voler, à quoi servent des ailes ?

» La liberté surtout doit plaire aux immortelles.

» Votre frère Apollon est sans doute charmant :

» J'aime à lui reconnaître esprit, bonté, talent ;

» Il n'a qu'un seul défaut.... Il est toujours le même ;

» Toujours il porte au front l'éternel diadème !

» Changer est un plaisir qui doit être permis,

» Avec moi, dans cinq ans, je vous mène à Paris !

» C'est moi, moi votre sœur qui serai votre guide,

» Et les arts, mes enfants, vous serviront d'égide !

Le Pinde avait souscrit à cet amendement

Lequel, disons-le, obtint un succès délirant :

Applaudi par des mains plus blanches que l'ivoire ;

L'orateur contre lui n'eût point de boule noire :

Magnifique triomphe et rare en notre temps ! !

Il ne s'agissait plus que d'attendre cinq ans !

PREMIER CHANT.

Cinq printemps pour les dieux doivent passer bien vite!
L'heure vient de sonner pour la grande visite :
On embrasse Apollon sans trop verser de pleurs ;
Et le Pinde désert voit partir les neuf sœurs :
Leur frileuse beauté d'un nuage se drape ;
L'Industrie est en tête et trace chaque étape.
Les Muses vont bon train et leurs relais sont courts :
Bientôt de Notre-Dame on aperçut les tours.

Lecteur, voici pour nous l'instant le plus critique :
Comment, me direz-vous, une Muse pudique
Va visiter Paris, seule, sans protecteur?
Quel chevalier sera gardien de son honneur ?
Dix femmes à garder, c'est besogne bien rude,
Même en les supposant de l'humeur la plus prude.
— A cette objection nous ne répondrons rien,
Sinon que la vertu se garde sans gardien ;
A Paris comme à Rome on défend sa sagesse;
Le tout est de savoir se conduire en Lucrèce ! !

Voilà donc les neuf sœurs dans le quartier d'Antin
Prenant un logement, le moins froid, le plus sain.

Les muses en *garni!* Nul ne voudra le croire ;
Incrédule lecteur, nous faisons de l'histoire.
En garni! pourquoi non ? Acheter un hôtel
C'était grosse dépense et digne d'un mortel !!
Les dieux s'en vont : aussi leur bourse est fort légère ;
En outre le Parnasse avait, chez son notaire,
En réserve laissé presque tout son argent.
Ceci noté, je vais poursuivre maintenant.

En petit comité nos belles étrangères
D'un pied leste et mutin, vrai pied de couturières,
Allaient, couraient, volaient du matin jusqu'au soir,
Voulant tout visiter, tout entendre et tout voir.
Quoique divinités les femmes sont coquettes,
Et des aimables sœurs les premières emplettes
Furent ces riens charmants, vaines frivolités
Qui portent à Paris le nom de nouveautés.
L'heureux Duvelleroy dans sa riche boutique
Leur offrit l'éventail, bijou mythologique
Qui devait protéger leurs célestes appas.
Condé, les *Deux Magots,* le *Petit Saint-Thomas,*
Le somptueux *Delisle* et la maison *Lasalle,*
La *Ville de Paris,* ce magasin dédale
Ou parmi les commis l'on s'égare souvent,
Leur vendirent fort cher, mais toujours... au comptant!!

Avec leur profil grec les modes parisiennes
Leur allaient à ravir. — Sont-ce des prussiennes,
Des anglaises, ou bien des femmes de Cadix ?
Qui sont-elles enfin, et quel est leur pays ?
Voilà ce que chacun disait sur leur passage ;
Surtout on eut voulu comprendre leur langage ;
Il restait une énigme : on n'y comprenait mot
Si bien que le public le prit pour de l'*argot !!*
Mais ce qui paraissait plus extraordinaire
C'était leur nombre.., *dix*... une escouade entière !!
Et pas un caporal pour commander le feu,
Un caporal pour dix, certes c'eût été peu !
Mais à nos vains discours le ciel ne songe guère,
Le Pinde est au-dessus d'un cancan de portière !!!

Quand le gant couleur tendre eût recouvert leurs mains,
Que leur pied eût chaussé d'élégants brodequins ;
De l'écharpe aux longs plis, quand la zone flottante
Eût livré les trésors de sa soie ondoyante ;
Quand un chapeau coquet jeté sur leurs cheveux,
Eut encadré leur front d'un cercle gracieux ;
Après un tel début, début inévitable
Par où doit préluder toute déesse aimable,
Alors on s'occupa de visiter Paris.
Mais par où commencer ? Là-dessus les avis
Etaient bien partagés : et d'abord l'Industrie,

D'un orgueil tout français l'âme encore remplie,
Par l'Exposition voulait qu'on débutât !
Avouons-le, c'était un point fort délicat ;
Entre dix il n'est pas facile de s'entendre !
L'une au Jardin du Roi voulait d'abord se rendre :
Une autre voulait voir l'aiguille du Luxor :
Que d'avis différents ! comment être d'accord ?
A défendre ses droits nulle ne se rebute !
Sans doute fort longtemps eut duré cette lutte
Mais Thalie élevant la voix : — Mes nobles sœurs,
L'ombrage des forêts offre mille douceurs ;
C'est là que, loin des yeux d'un profane vulgaire,
On peut, fort décemment, à l'aise se distraire :
La chasse, de tout temps, fut un royal plaisir
Et de chasser j'éprouve un violent désir.
Il me faut la senteur des bois ou l'air des plaines ;
Suivez-moi, nous partons de ce pas pour Vincennes.
— Impossible, ma sa sœur. — Telle est ma volonté :
Quoi ce ciel n'est-il pas un ciel de liberté ?
— Et la loi. — Quelle loi ? — Mais celle sur la chasse !
Ma sœur, la loi protège et perdrix et bécasse ;
Elle en viendra peut-être à protéger les loups :
Sous la dent des lapins dussent périr les choux,
Le jardinier bien bas devra leur crier gare !
— Voilà certe , une loi qui me paraît bizarre !
De l'éluder, je pense, on trouvera moyen ;

La liberté pour moi, voilà le premier bien ;
Lorsqu'il nous fait défaut, adieu plaisir et joie !
— Ma sœur, pour vous distraire il reste une autre voie
— Allons à l'*Opéra* ! — Non : allons aux *Français* !!
— Et qu'y verront mes yeux ? Ha ! mes sœurs, je connais
De vos auteurs vantés les fécondes merveilles !
Et leur style barbare écorchant les oreilles !
Ecrivains à la toise, ils courent après l'or :
Leur cervelle élastique enfante sans effort.
De l'art, au pas de course, arpentant le domaine,
Athlètes essoufflés et respirant à peine,
Il s'établit entr'eux un étrange combat :
Ils visent la pensée, et l'archer qui l'abat
N'a pas d'autre talent que celui d'aller vite :
L'archer fera fortune, et l'homme de mérite
Qui sait que la pensée a besoin de mûrir
Et qu'elle meurt, trop tôt quand on veut la cueillir,
Cet homme-là s'éteint sans fortune et sans gloire ,
L'insensé lentement vidait son écritoire ! ! !
Que verrai-je aux *Français* ? Les drames d'un auteur
Riche, grâce au métier de *collaborateur* !
Ce mot-là, n'est-ce pas, vous semble bien étrange ?
Diviser la pensée, en faire le mélange !
La partager à deux ! à trois même souvent !
A ce lit de Procuste enchaîner le talent !
A l'aigle qui voudrait seul construire son aire

Dicter d'indignes lois, le clouer à la terre !
Et de loin lui mnntrant son ciel abandonné
Lui dire : « Parmi nous meurs, ou vis enchaîné ! ! ! »
L'aigle mourra, mes sœurs, et râlant son génie,
Il conviera le ciel à sa mâle agonie !
La main qui fit la foudre est seule à la lancer !
On doit écrire seul et seul on doit penser !

— Ma noble sœur, calmez cette grande colère
Ensemble nous verrons la scène de Molière.
— Oui, vous avez raison, et dès ce soir je veux
Pouvoir avec l'aïeul confronter les neveux !
Pour vous montrer entr'eux quelle est la différence,
Avec moi je prétends porter une balance !
Tartuffe d'un côté, de l'autre... quoi ? voyons :
Un chef-d'œuvre du jour, et puis nous pèserons ! !
— Aujourd'hui, justement nous aurons double rôle,
Et l'on pourra juger et l'une et l'autre école !

C'était l'heure où le jour est bien près de finir :
Assiégeant les bureaux qui viennent de s'ouvrir
La province accourait, bruyante fourmillère !
Et formait cette *queue* aux directeurs si chère !
Les muses à l'ouvreuse ont remis leurs billets ;
Un balcon les reçoit !... Aux magiques reflets
D'un lustre éblouissant dont le gaz étincelle,

La toile s'est levée, et noble et solnenelle !

Tartuffe fut joué !!... Vous devinez, lecteur,
Si du public il sut mériter la faveur.
De son auteur aimé que Thalie était fière !
Et comme à l'applaudir on la vit la première ! !!
Aux cris joyeux du peuple, ainsi mêlant ses cris
Une mère applaudit aux lauriers de son fils !
Le drame nouveau vint après la comédie.
Une œuvre à grand fracas, *corsée* et bien remplie
De ces événements qu'on aime aux boulevarts,
Trop longue de moitié, que dis-je, des trois quarts !...
Le public de province est un roi débonnaire,
Et pour lui le théâtre est un art culinaire :
Son appétit glouton aime les larges plats,
Qu'ils soient bien apprêtés, il n'y regarde pas.

Le drame eut le talent de plaire à la province,
L'auteur dut s'estimer fortuné comme un prince :
Aux bravos du public qui demande l'auteur
Thalie oppose un rire insultant et moqueur,
Son geste est menaçant. Amazone guerrière,
On dirait qu'elle va défier le parterre ;
Détachant de son front sa guirlande de fleurs :
« A Molière, dit-elle, à Molière, mes sœurs !
Et vous qui sans pudeur deshonorez ma scène,

Outragez mon cothurne, insultez votre reine,

Allez, je vous maudis, profanes écrivains,

Tremblez, car je prétends vous chasser des lieux saints. »

Quand le jour arriva, toujours folle et badine

La danse vint trouver notre reine chagrine

Et lui prenant la main, d'un ton tout caressant :

— Encore des soucis sur ce front menaçant !

Rien, pas même Paris ne peut donc vous distraire ?

Et votre lèvre ouverte à l'ironie amère

Bannira donc toujours le rire gracieux !

Dans ce monde, il n'est donc pour vous plaisir ni jeux ?

A la tragique voix de Rachel, la juive,

Le Théâtre-Français s'émeut et se ravive,

Et vous fûtes hier insensible à sa voix !

C'est un parti par vous arrêté, je le vois.

Qu'exigez-vous alors ? Si vous aimez l'antique,

Ligier et Beauvallet, par leur geste tragique

Ne vous ont-ils donc pas rappelé vos Romains ?

Rien n'a pu triompher de vos sombres dédains,

Ni le jeu d'Anaïs, ni la gentille Doze

Fraîche comme au matin la fleur à peine éclose.

Avec vous les Français ont joué de malheur.

Mais c'est peu généreux de leur tenir rigueur.

L'Opéra, mon domaine à moi, mon bel empire,

Serait plus impuissant encore à vous séduire ;

Ma sœur, pour aujourd'hui dites-nous vos projets :
Vous plairait-il d'aller visiter ce palais
Qui, pour nous élevé, se nomme académie.
— J'irai... j'irai. — C'est bien : à ma sœur l'Industrie,
Je vais de vos désirs à l'instant faire part !

Le docte aréopage est prêt pour le départ.
Les muses, ce jour-là, braveront toute honte ;
Le Pinde en *omnibus* fort gaillardement monte.
O char trop fortuné ! quel trésor il portait !
Non, jamais omnibus ne *roula plus complet* !

La séance du jour s'annonçait solennelle
Chaque académicien au rendez-vous fidèle,
Franchit le seuil sacré d'un pied plus diligent.
O vieillards, d'où vient donc un tel empressement ?
Auriez-vous deviné que du ciel descendues
Les muses pour vous voir exprès sont accourues ?

Le temple les reçoit. Déjà de tous côtés
Sur le groupe divin les yeux se sont portés.
Le binocle indiscret, les lorgnettes jumelles
Ont déjà dirigé leurs feux croisés sur elles.
Le Parnasse indulgent n'en montra nul courroux !

à la sœur : — Là, vous êtes chez vous,

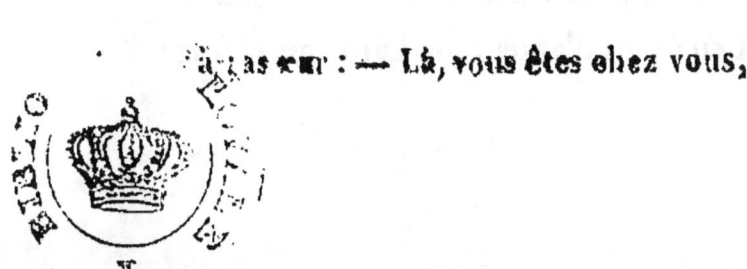

Du logis faites-nous les honneurs, je vous prie,
Nommez-nous ces vieillards, tous rois par leur génie :
Parlez et dites-nous et leur titre et leur rang.

Le premier entre tous. — Son nom ? —Chateaubriand.
De Réné, d'Atala, le chantre populaire :
Nestor en cheveux blancs, dans sa longue carrière
On l'a vu parcourir, auguste pélerin,
Les forêts d'Amérique, et franchir le Jourdain !
Dernièrement encore, aux bords de l'Angleterre,
Le fils des rois lui dit : « Bénissez-moi, mon père !!! »
Qu'en pensez-vous ma sœur, n'avez-vous pas l'espoir
Que vous et ce vieillard. — Nous sommes au revoir !

— Voici notre poëte, aigle à l'aile sublime
Hugo, libre en ses vers et tyran de la rime.
Près de lui Lamartine aux soupirs harmonieux,
A la terre enseignant la romance des cieux !
Voici Thiers, Guizot, redoutables athlètes
Lançant le char d'état au milieu des tempêtes !
Villemain le ministre, et le penseur Cousin,
Philosophes tons deux, sans se donner la main !
L'aimable Salvandy, toujours cherchant à plaire.
Le tragique Soumet, ce poëte heureux père !
Et Scribe le fécond, avec son *Verre d'eau*
Payant en droits d'auteur son huitième château !

Ancelot couronné des lauriers de sa femme

Et lui-même occupant le fauteuil de madame.

Viennet le fabuliste au vers âpre et mordant,

Qui prodigue et sa verve et son sel abondant.

Patin, qui, pour avoir interprété Virgile,

A trouvé dans ce temple entrée et droit d'asile.

Et Mignet et Briffaut, et Flourens le docteur.

— De grâce, arrêtez-vous? Quel est ce nom, ma sœur?

Parmi les arts divins placer un art qui tue !

Flourens avec Hugo ! ! !...

                Thalie était émue,

Déjà pour déclamer elle allongeait le bras :

Mais s'apaisant soudain. — Vous ne me parlez pas

De Béranger.... Pourquoi?... Vous gardez le silence ?

— Béranger dans ces lieux brille par son absence !

— Quoi ? je connais le livre et ne puis voir l'auteur ?

De la part du poëte est-ce orgueil ou pudeur ?

Donnez-moi votre liste où je prétends l'inscrire ;

J'y veux graver son nom, afin qu'on puisse dire :

« Béranger peu jaloux de l'immortalité

» Parmi les immortels malgré lui fut porté !... »

Maintenant, écoutons : la séance commence !

La séance fut longue et belle d'éloquence.

L'heureux classique y fut traité comme un héros :

Ah ! pourquoi le classique entouré de Pavots,

Avec son pied tardif qu'il traîne dans l'ornière,
Marche-t-il escorté de son éternel frère?
En fidèle historien, disons la vérité,
Ce frère est le sommeil ! ! ! Comme un hôte fêlé
Il se plaît à hanter le temple académique ;
Tel aimait le couvent, cet oiseau monastique
Qui, de sucre nourri, loin des plaisirs mondains,
Voyait couler ses jours au parloir des nonnains :
Dormait comme un béat, la matinée entière,
Comme un prélait mangeait, buvait en mousquetaire ! ! !

Ainsi donc du discours quand arriva la fin,
Chacun dormait : tel dort un chanoine au lutrin,
Alors que son confrère, aux yeux de l'auditoire,
Prêche sur l'abstinence ou sur le purgatoire.

L'exemple en toute chose est fort contagieux !
On dormait, les neuf sœurs ne veillèrent pas mieux !
A leur oreille, en vain, un huissier malhonnête
Trois fois vint agiter sa bruyante sonnette ;
Il fallut sans respect par le bras les saisir
Et leur crier : — Allons, il est temps de partir ! ! !
On les réveille enfin ! elles sortent confuses
Et la rougeur au front, comme de pauvres Muses
Qu'un critique, toujours ennemi des bravos,
Cite à son tribunal, po'r *r* *r* ac de vers faux.

CHANT DEUXIEME.

Quatre ou cinq jours après la séance fameuse
Des Champs-Elyséens, la promenade ombreuse
Voit le Pinde accourir en robe à falbalas!
Vers *l'Exposition* il dirigeait ses pas.

On entre : l'Industrie, heureuse châtelaine,
Dit à ses sœurs : « Enfin, je suis dans mon domaine! »
Mais par où débuter? Tous les arts à la fois
Semblent sur notre route élever leurs cent voix.
Salut donc au fondeur! Entre ses mains habiles
Les métaux assouplis sont devenus dociles,
Il a dompté l'airain; il a forcé le fer
A couler lentement comme un fleuve d'enfer!
Et suivant dans son cours la lave obéissante
Au moule l'enfermant, captive, frémissante,
Il lui dit : « Tu seras ou vase ou demi-dieu,
» Tu feras jaillir l'eau, tu donneras le feu,
» Tu deviendras charrue ou le casque d'un brave,
» L'homme, voilà ton maître!!! obéis en esclave! »

Voyez ces instruments, montrant de tout côté
De leur poitrine en fer la robuste beauté!

On dirait des géants descendus sur la terre
Pour obéir à l'homme : comme un auxiliaire,
L'aider dans ses besoins, servir sa volonté !
Oh ! comme de la France ils ont bien mérité
Ces hommes studieux qui, nous donnant leurs veilles,
Ont voulu nous doter de nouvelles merveilles !
Salut à vous Kientzy ! Casalis, Giraudon,
Stolz, Hermann, Tamizier, Frey, Meyer et Bourdon !
Et toi Calla tout fier de ton Philippe-Auguste !
Qui porte dans ses mains son glaive si robuste !

Chaque industrie ici plante son étendart,
La flûte de Tulou, le piano d'Erard
Confondent leurs accents : rivaux sans jalousie,
C'est un échange entre eux d'accord et d'harmonie !
Ainsi, dans un concert, vingt divers instruments
Marchent d'un pas égal, fraternels combattants,
Et dans l'ensemble, heureux d'une même cadence,
Se plaisent à puiser leur grâce et leur puissance !

L'utile et l'agréable, ici tout se confond.
Près des meubles laqués des ateliers d'Osmont,
Brille la porcelaine aux coquettes moulures
Et le verre taillé par des mains toujours sûres :
« Lautay–Hautain, Jacquel et Jonhston de Bordeaux
» Ont de leurs ateliers envoyé ces cristaux !

» Fournisseurs somptueux d'une table opulente,

» Au brasier créateur de leur forge brûlante

» Odiot et Gandais ont rougi l'or, l'argent

» Et le lingot donna ce surtout élégant !

» L'heure dans ce palais sonne, bien qu'on l'oublie ;

» Mes sœurs que dites-vous de cette horlogerie ? »

Pour le chasseur adroit quel trésor précieux !

Là, Lepage et Caron, Devisme et Lefaucheux,

Se disputent le prix de l'arquebuserie !

Voici Lacrampe, au nom cher à l'imprimerie !

Lui seul fidèlement sait rendre le crayon

De Gavarni ce roi de l'*illustration*.

Chaque livre en naissant de vivre a l'espérance :

Il vivra si Lacrampe a signé sa naissance !

Les papiers de Weynen, au gracieux format,

Sont frères et voisins des plumes de Mallat.

Là Campan, au burin si rempli de souplesse,

Expose ses blasons gravés pour la noblesse.

Chaque artiste combat pour briller à son tour,

Lepaul est devant nous ; serrurier de la cour,

S'il ferme un coffre-fort, l'ouvrir est peu facile :

Sa main a clos celui de la liste civile,

Ce coffre-fort si lourd, cher à Montalivet :

Et le comte est sans peur pour le royal budget.

Voyez, mes sœurs, voyez ! quelle belle serrure !

Comme chaque rosace offre une ligne pure ?

C'est l'œuvre de Dalger au burin élégant,
Qui déjà bien des fois nous montra son talent
Ici d'autres travaux : voici la draperie!
Comme cette salle est abondamment remplie!
C'est là qu'Elbœuf, Sédan, ces éternels rivaux,
Brillent de tout l'éclat de leurs produits nouveaux.
Et savez-vous combien de mains laborieuses
Auront dû travailler sur ces laines soyeuses,
Avant l'heure où quittant les ciseaux du tailleur
Elles nous offriront leur coquette chaleur!...

Quel lustre éblouissant! et quels flots de lumières
Jailliront à la fois de ses branches légères!
Quels lambris recevront ce précieux trésor,
Qui doit chasser la nuit devant ses reflets d'or!!!
Il sort des ateliers de l'habile Denière,
Et reçoit son éclat de l'éclat de son père!

Ici ne cherchez pas les pinceaux de ma sœur,
Et ses tableaux riants, ou remplis de grandeur!
Dans un autre palais tous les ans elle trône,
Et là, seule à régner, ne fait ombre à personne!!!
O peinture, ma sœur, que ton partage est beau!
Que d'arts imitateurs autour d'un seul tableau!...
Semblable aux feux naissants de la nouvelle aurore,
Voyez le *transparent*, le fantastique *store*

Etaler au grand jour leur vernis pur et net :
Si ce n'est la peinture, au moins c'est son reflet !

Non loin de la machine aux formes gigantesques,
Le livre recouvert de dessins arabesques
Par sa riche dorure attire le regard.
Simier, Gruel, Lardieu sont maîtres dans cet art.
Roulant sur ce tapis et la rouge et la noire
Doivent s'y disputer l'incertaine victoire ;
Que de nombreux billards, par leur forme nouveaux !
Cosson et Morénas, Bouchardet et Sauveaux
Apprenez, de vous tous, que la bille s'honore !!

Ecoutez ! écoutez ! voici l'orgue sonore !
Ses robustes poumons, gonflés d'un souffle pieux,
Arrêtent le passant pour lui parler des cieux :
Trois fois honneur à vous, Callinet et Daublaine
Le monde des dévots vous doit une neuvaine !

A vous, sœur Uranie, admirez votre bien !
Saluez en passant Lerebours l'opticien :
Grace à son art sacré chaque étoile se compte,
L'Olympe envahi s'ouvre et l'astronome y monte !!
Levez les yeux ! ici, Sallandrouze, et Vaison
Déroulent leurs tapis , ce luxe des salons :
Tels des drapeaux ouverts au vent de la bataille

Ils montrent au passant leur gigantesque taille.

Admirez l'éventail : grace à Duvelleroy
Il étincelle d'or et se pavane en roi.
La beauté peut rougir à l'abri de son aile,
Il lui sert de rempart, fragile citadelle
Que la femme choisit comme un retranchement
Qu'amour veut emporter, que la pudeur défend.
Voici le gant Jouvin ! Mes sœurs soyez sans crainte,
Ce gant-là du champ clos n'a point franchi l'enceinte,
Le sang lui fait horreur ; ennemi du duel
Jamais il n'a servi de message au cartel ;
Que veut-il ? Recouvrir une main bien mignonne,
Dormir dans le boudoir où l'oubli l'abandonne,
Reposer mollement sur ses lauriers conquis,
Et ne connaître enfin que la paix à tout prix !

Poursuivo ns ! Mais l'aiguille est sur la cinquième heure,
Et bientôt il faudra quitter cette demeure !
Eh bien ! vous le voyez, quelque orgueil m'est permis !
J'ai porté le flambeau qui dirigeait mes fils ;
Ce flambeau d'où devait jaillir chaque étincelle.
Comme vous suis-je pas reine et reine immortelle ?

Chaque Muse à son tour vint la complimenter :
Seule Thalie est triste et semble méditer.

— Parle ma noble sœur, dis, pourquoi ce nuage
Qui vient, ombre de deuil, attrister ton visage ?

— Seule dans ce moment, oui, ma sœur, je songeais
Que la justice en tout ne se trouve jamais !
Ici vous admirez les merveilles savantes
Qu'ouvrèrent à grands frais des mains intelligentes ;
Sans doute vous pensez que le grand, que le beau,
Là se sont réunis en un riche faisceau :
Et voilà votre erreur ! plus d'une œuvre incomplète,
Mourra dans le cerveau du penseur, du poète !
La pauvreté, mes sœurs, ne le savez-vous pas,
Refroidit notre cœur, paralyse nos bras,
Et portant avec elle et la crainte et le doute,
D'un succès mérité vient nous fermer la route :
De l'or ! voilà le mot d'un siècle corrompu !
— Eh ! quoi ? tu douterais ?...

                    — Ton siècle m'est connu !
Le soleil le plus pur a des taches légères,
Chaque chose ici-bas a ses petits mystères :
Ce temple devait donc avoir aussi les siens !!!
Pour vaincre son rival, oh ! combien de moyens !
Pour lutter en champ clos et briller dans la lice
Que ne met-on en jeu ? protecteur, protectrice,
L'amitié qui s'aveugle et le crédit hautain
Qui jamais n'a souffert d'ombre sur son chemin !

Si vous doutez du fait, pour vous conduire à croire,
Je vais à ce sujet vous conter une histoire :

« Un prince, » de son nom plus je ne me souviens,
Mais qu'importe le nom? à mon récit je viens ! ! !
« Un prince donc avait une femme charmante !
» Et la grace qui plait et la beauté touchante,
» Et l'esprit qui séduit le cœur avant les yeux,
» Elle réunissait tous ces dons précieux.
» Mais femme a droit d'avoir un défaut...deux...le nombre
» N'est pas encor fixé ; pour le tableau c'est l'ombre
» Qui donne à la couleur de plus riches reflets !
» Devinez le défaut, seul parmi tant d'attraits !
» Etre en scène, donner, recevoir la réplique,
» Savourer à longs traits l'ovation publique,
» C'est le défaut charmant qu'avait notre beauté,
» Défaut qui lentement ruinait sa santé.
» Chaque soir, combattant cette étrange manie,
» Le prince lui disait : — Ma femme je vous prie,
» Variez vos plaisirs... vous avez dix palais,
» Palais d'hiver, d'été... vous avez des forêts,
» Vous avez des chevaux qui gardent l'écurie,
» De grâce, renoncez à votre comédie !

» Comme tous les maris, le nôtre prêchait bien :
» Mais son sermon perdu ne lui rapportait rien ;

» La princesse laissait prêcher, puis la coquette

» Malgré l'époux grondeur agissait à sa tête.

» Les vents restèrent donc tournés à l'Opéra.

» Enfin d'un expédient le mari s'avisa.

» — Dans l'opéra nouveau que ma femme répète

» Si je sifflais, dit-il!!! siffler est malhonnête,

» Oui, c'est vrai, j'en conviens, c'est un trait peu courtois

» Et pourtant il faudra l'employer, je le vois!

» Si plutôt j'appelais un second à mon aide!

» Un sujet siffler!... nou... ha! je tiens mon remède!

» Et le prince enchanté donne ordre qu'à l'instant

» Se rende près de lui son premier chambellan.

» Le chambellan accourt : — Monsieur, lui dit le prince,

» Que dans ma capitale, ou bien dans ma province,

» On cherche un ouvrier assez intelligent

» Pour faire à mon usage un serpent. — Un serpent!!!

» — Oui, monsieur, un serpent qui de l'art vrai prodige,

» Siffle à ma volonté... je le veux... je l'exige.

» — Prince, vos désirs sont des lois pour vos sujets.

» — Monsieur le chambellan, alors passons aux faits.

» Un mois s'écoule, et puis six! Mais l'œuvre merveilleuse

» En cour n'arrive pas... Morose et soucieuse

» Son Altesse déjà n'avait plus nul espoir,

» L'éternel opéra se jouait chaque soir.

» Enfin le chambellan, qui jure et se dépite,

» De deux mécaniciens reçoit un jour visite.

» Ils entrent! ô bonheur! En croira-t-il ses yeux?

» Ils portent un serpent! Que dis-je, en voici deux!

» Chacun le sien! Ici l'embarras recommence,

» Auquel des deux serpents donner la préférence?

» Et dans l'art de siffler quel est le vrai héros?

» Des juges sont nommés pour juger les rivaux.

» Des deux mécaniciens, mes sœurs, il faut le dire,

» L'un portait avec lui pesante tirelire;

» Le second était pauvre et ne possédait rien,

» Non rien que son talent, c'était là tout son bien!

» La sentence longtemps ne se fit pas attendre :

» Et l'heureux chambellan aussitôt de se rendre

» A la cour, pour remettre aux mains de monseigneur

» Celui des deux serpents proclamé le vainqueur.

» Le prince le reçoit, et, le cœur plein de joie,

» A l'habile artisan ordonne qu'on envoie

» Un superbe rubis qu'il portait à son doigt,

» Il y joint un manteau très bon contre le froid.

» Le soir même, vêtue en corset de bergère,

» La princesse chantait suivant son ordinaire,

» C'est là que justement l'attendait son époux.

» Au moment où sa bouche achève un air fort doux

» Le prince, accomplissant son exécrable trame,

» Veut répondre aux bravos, tout en sifflant sa femme!

» Il prend sous son manteau le perfide animal

» Et presse le ressort!!! Mais ô guignon fatal

» Le serpent est muet : Monseigneur a beau faire,

» L'animal est rétif et persiste à se taire.

» L'époux va renoncer à son rôle nouveau,

» Quand il sent une main qui tire son manteau!...

» Il se retourne, et voit un homme qui s'empresse

» De lui dire tout bas : — Prenez le mien, Altesse,

» Car le mien sifflera! — C'était l'autre artisan,

» Qui venait à son tour présenter son serpent.

» Fut-il bien accueilli?... la chose se devine.

» Et le prince, craignant qu'on n'évente la mine,

» Vite presse un ressort... et trois sifflets aigus

» Partent incognito! Tous les cœurs sont émus!!!

» On baisse le rideau!! La princesse guérie

» Ne joua plus jamais aucune comédie.

» Or, comme il faut en tout une moralité,

» Sur les deux artisans voici la vérité :

» De ses juges le riche avait séduit l'oreille,

» Et fait passer pour bonne une fausse merveille;

» Notre pauvre artisan, seul avec son génie,

» Avait ainsi perdu la première partie :

» Il est vrai qu'il gagna la seconde à son tour,

» Et son serpent devint le serpent de la cour!! »

Sous forme de démon et de petits mystères,
Ainsi l'argent se glisse en toutes les affaires ;
Et l'or, pour aller vite, est le roi des wagons ! !
Mon histoire est finie... et maintenant partons !

Le temps fuyait : déjà les plaisirs de Lutèce,
Ces puissants séducteurs, charmaient chaque déesse.
Tous les soirs Terpsychore à l'Opéra courait,
Aux jeunes *rats* surtout elle s'intéressait !
On trouvait Uranie à son Observatoire ;
Mais Thalie à Paris faisait son purgatoire.
Et ses sœurs lui disaient : — Faites-nous le récit
De ce sombre chagrin sur votre front écrit.
Depuis Agamemnon jusqu'à Sardanapale
On vous trouve partout de morgue sans égale ;
Au monde vous n'aimez que vers alexandrins,
Toujours il vous faudrait un glaive entre les mains !
Aussi de vous on dit :

                — Que dit-on, je vous prie ?
— Que rien n'est ennuyeux comme une tragédie.
— Je reconnais la danse à si légers propos,
Il vous faudrait à vous d'indignes oripeaux,
Vous ne comprenez pas !

                — Pardon, ma sœur Thalie,
Fort bien, je le comprends, mon discours vous ennuie !
A vos yeux rien de beau que votre antiquité,

C'est porter à l'excès la partialité...

— C'est vrai, l'antiquité me paraît noble et grande !

Elle immolait aux dieux cent taureaux en offrande :

Le sang coulait aux pieds du sacrificateur,

Et ce métier sacré passait pour le meilleur.

L'encens fumait, offert par des mains libérales,

Le feu qui s'éteignait dévorait les vestales !

Rome, Athènes avaient des théâtres géants ;

Que sont ceux d'aujourd'hui ? des théâtres d'enfants !

A la face du ciel, du beau ciel de l'Aulide,

Où déclamait Sophocle, on jouait Euripide ;

Et l'homme de génie à ses drames fameux,

A son gré conviait et l'Olympe et les dieux !

Ils accouraient, quittant les célestes demeures ;

Au récit d'un mortel, ils oubliaient les heures ;

Et lorsque d'applaudir l'heureux instant venait

C'est du ciel que toujours le signal descendait.

Ainsi se grave une œuvre aux pages de l'histoire,

Et c'est ainsi, mes sœurs, que je comprends la gloire.

De mon noble passé je me souviens toujours,

Ma sœur c'était l'époque aux sublimes amours.

De ton César français si l'épopée est belle.

Et moi n'ai-je donc pas mon grand César d'Arbelle ?

Ton empereur est grand ; à ses faits j'applaudis,

Mais j'aime mieux le mien. Apelles et Xeucis

Sont-ils donc détrônés par la moderne école ?

Le Panthéon n'est pas encor mon Capitole,
Nomme-moi tes auteurs : ton Corneille a vécu :
Et Molière jamais ne te sera rendu.

Pradier près Phidias me paraît un pygmée,
D'écrivains par milliers vous avez une armée;
L'armée est là : je cherche en vain des généraux !
Hugo fut le premier : sa muse est au repos !

Parlons plaisirs ; ces rois d'un siècle en décadence,
Vous vantez vos festins venus de la régence !
Avez-vous oublié notre grand Lucullus ?

De Cléopâtre encor ne vous souvient-il plus ?
De prodigalités vous semble-t-elle avare ?
Ses ordres sont donnés : un souper se prépare :
Elle vide sa coupe et boit un million ! !

Le soc antique a su se creuser un sillon
Si profond que le sol en gardera l'empreinte !
Quel que soit l'avenir, le passé dort sans crainte !

— Qu'il dorme le passé, votre heureux favori !
Mais quand on dort, ma sœur, on nous met en oubli !
Vous pouvez à votre aise au culte de la Grèce
Immoler sans pitié les plaisirs de Lutèce ;
D'un mot je vous réfute, et ce mot le voilà :
Paris a tout trouvé, tout même la *polka !*

— *Polka !* quel est cet art de nouvelle fabrique ?

— Le beau, vous le savez, de lui-même s'explique !

— Terpsychore, ma sœur, je gage qu'il s'agit

De danse, de ballet, car entre nous soit dit,
Vous ne prenez de goût qu'à telles bagatelles !
— Gardez votre cothurne et laissez-moi mes ailes !
Marchez en déclamant vos périodes sans fin,
Vous effrayez l'amour, il me donne la main !
Voyez comme partout on me flatte, on m'encense,
Taglioni gouverne et règne par la danse :
Dernièrement encor de fiers républicains,
Esclaves à genoux, baisant ses pieds divins,
Sont venus s'atteler à son carrosse agile :
Chacun peut déclamer, mais plaire est difficile :
Par la danse l'on plait ; et ce plaisir est doux !
Une fois essayez de partager mes goûts.
Pour une heure oubliez votre rôle de reine ;
Renoncez au cothurne, au long manteau qui traîne,
Plus de bandeau royal ! les grandeurs qu'est cela ?
Comme moi soyez femme, et dansons la polka !
— Notre sœur a raison.
                              — Quel démon vous transporte ?
— En France, songez-y, majorité l'emporte.
Et *nous* voulons danser la danse que Paris
Vient d'adopter malgré le *veto* des maris !

Thalie en vain s'arma de son regard austère,
Las ! seule contre neuf que pouvait-elle faire ?
Polker !!!... elle polka de même que ses sœurs !!

Oui vraiment, toutes dix connurent les douceurs
De ce pas étranger, enfant de la Bohême,
Et la sage Thalie eut un plaisir extrême
A montrer au public un superbe mollet,
Un mollet vierge encor de tout œil indiscret!
Mais quel triste retour des plaisirs de la terre!
Le Parnasse jamais n'a vu de commissaire,
Et le sergent de ville, au chapeau vertical,
N'y rédigea jamais aucun procès-verbal.
Les Muses, il faut bien qu'on leur rende justice,
Ignoraient jusqu'au nom du préfet de police :
Elles ne savaient pas qu'il est des réglements
Qu'on ne peut violer sans payer les dépens!
Pour avoir trop polké, les Muses imprudentes
Passèrent dans le bal pour... des femmes galantes :
Un sergent peu courtois sur elles mit la main,
Et vous les conduisit au violon voisin!
Elles crurent d'abord apaiser le cerbère!
Et pour mieux adoucir sa pudique colère
Elles citaient leurs noms et leurs talents divers :
— Je me nomme Erato, — Clio, — le dieu des vers
Est mon propre cousin; — le sergent leur riposte :
Drôlesses taisez-vous, et les conduit au poste!
Le plus sage en ce cas fut de ne dire mot!

Par bonheur, pour les dieux il n'est point de cachot,

Les captives bientôt purent briser leur chaîne :

Mais sur Paris tomba tout le poids de leur haine.

Dix femmes en courroux ! que de ressentiments !

A les voir on eût dit des anges menaçants

Qui pour frapper l'impie appellent le tonnerre,

A son royal courroux Thalie est tout entière :

Il éclate en ces mots : — Fuyons, fuyons mes sœurs !

Au plus vite quittons ces murs profanateurs,

Murs où les charlatans passent pour les prophètes ;

Où l'on ose traiter les Muses de lorettes !

Paris où le talent doit devenir vassal,

A moins qu'il ne préfère un lit à l'hôpital !

Paris, où toute gloire est mensonge ou fumée,

Où le fard sert d'éclat, le bruit de renommée ! ! !

Apollon nous attend aux bosquets de l'Ida ;

Où fut notre berceau, croyez-moi, restons là.

Qui veut voir les mortels doit les voir à distance,

Et le prestige cesse où leur rôle commence !

Adieu donc pour toujours antiques monuments,

Malgré les siècles, seuls, vous êtes encor grands !

Adieu triste palais où dort l'Académie !

Adieu tente nomade où loge l'Industrie !

Adieu livre d'airain, livre monumental,

Où la gloire debout montre au loin son fanal !

L'homme qui t'a coulé fut vraiment un monarque,

Et lui seul il ressemble aux héros de Plutarque ! ! !

A ces mots, du regard elle cherche les cieux :
Elles partent : la terre a reçu leurs adieux !!

———

ÉPILOGUE.

Muses, devant Paris vous battez en retraite !
Vous nous abandonnez ! un malheureux poète
Ne saurait voyager par Laffitte-Caillard,
Il veut donc à profit mettre un heureux hasard.
Il ne s'agit ici de paquet ni de lettre,
Que monsieur Comte ait droit d'empêcher de remettre,
Muses, le fisc postal, Harpagon entêté
N'aurait aucun respect pour la divinité ;
Et le grand Jupiter, courrier en contrebande,
Comme un simple mortel serait mis à l'amende !
Muses, rassurez-vous ! des vers inoffensifs
Voyagent francs de port et les coursiers poussifs
Qu'à son char quotidien la malle-poste attelle
Sont d'indignes porteurs pour marchandise telle !
Prenez donc mon message et sur votre chemin
Vous le remettrez... — Où ? — Muses, j'étais certain
Que cette question me serait adressée :
Votre route, en deux mots va vous être tracée.

Tout chemin mène à Rome, et partant même aux cieux !

Ainsi donc dirigez votre vol radieux

Du côté qu'Apollon se lève dans sa gloire :

Vous quitterez la Seine et trouverez la Loire ;

Bientôt vous saluerez la vierge d'Orléans ;

Puis la verte Touraine aux pruneaux odorants ;

La Vienne et ses peupliers, puis la verte Charente,

Et la fière cité, souveraine imprudente

Qui chassa Larréguy de son département,

Trois fois élu Bouillaud et méconnut Prudent !

Bientôt vous trouverez la Dordogne indocile ;

C'est là que tout gourmet doit choisir domicile ;

La truffe parfumée et la rouge perdrix

Ont fait du Périgord le premier des pays !

Là-bas est le *Bandia* qui, de ses eaux limpides,

Abrite le goujon et les brochets avides.

Humble ruisseau ! de loin le passant te sourit !

Et le jour est moins pur que le fond de ton lit !

Muses encor un pas !... A travers le feuillage

N'apercevez-vous point un modeste ermitage ?

C'est là qu'il faut frapper ! Avec cordialité

On vous y donnera douce hospitalité !

La table d'un mortel pour les dieux n'est pas faite,

Mais l'entretien d'un sage est toujours une fête.

Parlez au gai vieillard et ses riants propos

Sans peine tromperont les heures de repos !

Près de prendre congé de sa philosophie
Vous offrirez pour moi ces vers que lui dédie
Le poëte exilé qui sait se *souvenir*.
Ce message rempli, vous pourrez repartir!

NOUVELLE LOI

SUR LA POLICE DE LA CHASSE.

———••◦◦◦-◦◦◦◦••———

SECTION PREMIÈRE.

DE L'EXERCICE DU DROIT DE CHASSE.

ART. 1ᵉʳ. Nul ne pourra chasser, sauf les exceptions ci-après, si la chasse n'est pas ouverte, et s'il ne lui a pas été délivré de permis de chasse par l'autorité compétente.

Nul n'aura la faculté de chasser sur la propriété d'autrui sans le consentement du propriétaire ou de ses ayant-droits.

ART. 2. Le propriétaire ou possesseur peut chasser ou faire chasser en tout temps, sans permis de chasse, dans ses possessions attenant à une habitation, et entourées d'une clôture continue, faisant obstacle à toute communication avec les héritages voisins!

ART. 3. Les préfets détermineront par des ar.

rêtés publiés, au moins dix jours à l'avance, l'époque de l'ouverture et celle de la clôture de la chasse, dans chaque département (ces arrêtés seront pris par le préfet de police pour la circonscription de la préfecture de police).

ART. 4. Dans chaque département il est interdit de mettre en vente, de vendre, d'acheter, de transporter, de colporter du gibier pendant le temps où la chasse n'y est pas permise. En cas d'infraction à cette disposition, le gibier serait saisi et immédiatement livré à l'établissement de bienfaisance le plus voisin, soit en vertu d'une ordonnance du juge de paix, si la saisie a eu lieu au chef-lieu du canton, soit d'une autorisation du maire, si le juge de paix est absent, ou si la saisie a été faite dans une commune autre que celle du chef-lieu. Cette ordonnance ou cette autorisation sera délivrée sur la requête des agents ou gardes qu'auront opérés la saisie, et sur la présentation du procès-verbal régulièrement dressé.

La recherche du gibier à domicile ne pourra être faite que chez les aubergistes, chez les marchands de comestibles, et dans les lieux ouverts au public.

Il est interdit de prendre ou de détruire, sur le terrain d'autrui, des œufs et des couvées de faisans, de perdrix et de cailles.

ART. 5. Les permis de chasse seront délivrés, sur l'avis du maire et du sous-préfet, par le préfet du département dans lequel sera domicilié ou *résident* celui qui en fera la demande (et par le préfet de police, aux personnes ayant leur domicile ou leur *résidence* dans la circonscription de la préfecture de police).

La délivrance des permis do chasse donnera lieu au paiement d'un droit de 15 francs au profit de l'Etat, et de dix francs au profit de la commune dont le maire aura donné l'avis énoncé au paragraphe précédent.

Les permis de chasse seront personnels ; ils seront valables pour tout le royaume et pour un an seulement.

ART. 6. Le préfet pourra refuser le permis de chasse :

1º A tout individu qui ne sera point personnellement inscrit ou bien dont le père ou la mère ne serait point inscrit au rôle des contributions.

2º A tout individu que, par uni condamnation judioiaire, a été privé de l'un ou de plusieurs des droits énumérés dans l'article 42 du code pénal autres que le droit de port d'armes.

3º A tout condamné à un emprisonnement de plus de six mois pour rébellion ou violence envers les agents de l'autorité publique.

4º A tout condamné pour délit d'association illicite, de fabrication, débit, distribution de poudre, armes ou autres munitions de guerre, de menaces écrites ou de menaces verbales, avec armes ou sans condition, d'entraves à la circulation des grains, de dévastations d'arbres ou de récoltes sur pied, de plans venus naturellement ou faits de mains d'hommes.

5º A ceux qui auront été condamnés pour vagabondage, mendicité, vol, escroquerie, ou abus de confiance.

La faculté de refuser le permis de chasse aux

condamnés dont il est question dans les paragraphes 4 et 5 cessera dix ans après l'expiration de la peine.

Art. 7. Le permis de chasse ne sera pas accordé :

1º Aux mineurs qui n'auront pas seize ans accomplis. :

2º Aux mineurs de seize à vingt et un ans, à moins que le permis ne soit demandé par eux, avec l'assistance et l'autorisation de leur père ou tuteur, porté au rôle des contributions.

3º Aux gardes champêtres ou forestiers des communes et établissements publics, ainsi qu'aux gardes forestiers de l'Etat et aux gardes de pêche.

4º Aux interdits.

Art. 8. Le permis de chasse ne sera pas accordé :

1º A ceux qui par suite de condamnation, sont privés du droit de port d'armes.

2º A ceux qui n'auront pas exécuté les condamnations prononcées contre eux pour l'un des délits prévus par la présente loi.

3º A tout condamné placé sous la surveillance de la haute police.

Art. 9. Dans le temps où la chasse est ouverte, le permis de chasse donne à celui qui l'a obtenu le droit de chasser à tir et à courre, sur ses propres terres et sur les terres d'autrui, avec le consentement de celui à qui le droit de chasse appartient; tous autres moyens de chasse, à l'exception des furets et des bourses destinées à prendre le lapin , sont formellement prohibés, néanmoins , les préfets des départements , sur l'avis des conseils généraux , et le préfet de police , dans la circonscription de sa préfecture , prendront des arrêtés pour déterminer.

1º L'époque de la chasse des oiseaux de passage autre que la caille , et les modes et procédés de cette chasse.

2º Le temps pendant lequel il sera permis de chasser le gibier d'eau , dans les marais , sur les étangs , fleuves et rivières.

3º Les espèces d'animaux malfaisants ou nuisibles que le propriétaire , fermier ou possesseur pourra détruire en tout temps sur ses terres ou sur les terres d'autrui , avec le consentement du propriétaire , et les conditions de l'exercice de se droit , sans préjudice du droit appartenant au propriétaire ou au fermier de repousser ou de détruire , même avec des armes à feu , les bêtes fauves qui porteraient dommage à ses propriétés.

Ils pourront prendre également des arrêtés.

1º Pour prévenir la destruction des oiseaux.

2º Pour autoriser l'emploi des chiens levriers pour la destruction des animaux malfaisants ou nuisibles.

3º Pour interdire la chasse , pendant les temps de neige.

ART. 10. Des ordonnances royales détermineront la gratification qui sera accordée aux gardes et gendarmes rédacteurs des procès-verbaux ayant pour objet de constater les délits.

SECTION DEUXIÈME.

DES PEINES.

ART. 11. Seront punis d'une amende de 16 à 100 francs :

1° Ceux qui auront chassé sans permis de chasse ;

2° Ceux qui auront chassé sur le terrain d'autrui, sans le consentement du propriétaire.

L'amende pourra être portée au double, si le délit a été commis sur des terres non encore dépouillées de leurs fruits, ou s'il a été commis sur un terrain entouré d'une clôture continue, faisant obstacle à toute communication avec les héritages voisins, mais non attenant à une habitation ; pourra ne pas être considéré comme délit de chasse le fait du passage des chiens courants sur l'héritage d'autrui, lorsque ces chiens seront à la suite d'un gibier lancé sur la propriété de leurs maîtres, sauf l'action civile, s'il y a lieu, en cas de dommage;

3° Ceux qui auront contrevenu aux arrêtés des préfets concernant les oiseaux de passage, le gibier d'eau, la chasse en temps de neige, l'emploi des chiens levriers, et aux arrêtés concernant la destruction des oiseaux et celle des animaux nuisibles et malfaisants;

4° Ceux qui auront pris ou détruit sur le terrain d'autrui des œufs ou couvées de faisans, de perdrix ou de cailles;

5° Les fermiers de la chasse, soit dans les bois soumis au régime forestier, soit sur les propriétés dont la chasse est louée au profit des communes ou établissements publics, qui auront contrevenu aux clauses et conditions de leur cahier de charges relatives à la chasse.

ART. 12. Seront punis d'une amende de 50 à 200 francs, et pourront en outre l'être d'un emprisonnement de six jours à deux mois :

1o Ceux qui auront chassé en temps prohibé ;

2o Ceux qui auront chassé pendant la nuit, ou à l'aide d'engins et instruments prohibés, ou par d'autres moyens que ceux qui sont autorisés par l'art. 9 ;

3e Ceux qui seront détenteurs, ou ceux qui seront trouvés munis ou porteurs, hors de leur domicile, de filets, engins, ou autres instruments de chasse prohibés ;

4o Ceux qui, en temps où la chasse est prohibée, auront mis en vente, acheté, transporté ou colporté du gibier ;

5o Ceux qui auront employé des drogues ou appâts qui sont de nature à enivrer le gibier ou à le détruire ;

6o Ceux qui auront chassé aux appeaux, appelants ou chanterelles.

Les peines déterminées par le présent article pourront être portées au double contre ceux qui auront chassé pendant la nuit, sur le terrain d'autrui, et par l'un des moyens spécifiés au paragraphe, si les chasseurs étaient munis d'une arme apparente ou cachée.

Les peines déterminées par l'article 11 et par le présent article, seront toujours portées au **maximum** lorsque les délits auront été commis par les gardes champêtres ou forestiers des communes, ainsi que par les gardes forestiers de l'état et des établissements publics.

ART. 13. Celui qui aura chassé sur le terrain d'autrui sans son consentement, si ce terrain est attenant à une maison habitée, ou servant à l'habitation, et s'il est entouré d'une clôture continue faisant obstacle à toute communication avec les héritages voisins, sera puni d'une amende de 50 à 300 fr., et pourra l'être d'un emprisonnement de six jours à trois mois.

Si le délit a été commis pendant la nuit, le délinquant sera puni d'une amende de 100 à 1,000 fr., et pourra l'être d'un emprisonnement de trois mois à deux ans, sans préjudice, dans l'un et l'autre cas, s'il y a lieu, de plus fortes peines prononcées par le code pénal.

ART. 14. Les peines déterminées par les articles qui précèdent pourront être portées au double, si le délinquant était en état de récidive, s'il était déguisé ou masqué, s'il a pris un faux nom, s'il a usé de violence envers les personnes, ou s'il a fait des menaces, sans préjudice, s'il y a lieu de plus fortes peines prononcées par la loi.

Lorsqu'il y aura récidive dans les cas prévus en l'art. 11, la peine de l'emprisonnement de six jours à trois mois pourra être appliquée si le délinquant n'a pas satisfait aux condamnations précédentes.

ART. 15. Il y a récidive lorsque dans les douze mois qui ont précédé l'infraction le délinquant a été condamné en vertu de la présente loi.

ART. 16. Tout jugement de condamnation prononcera la confiscation des filets, engins et autres instruments de chasse. Il ordonnera, en outre, la destruction des engins prohibés. Il prononcera également la confiscation des armes, excepté, dans le cas où le délit aura été commis par un individu muni d'un permis de chasse dans le temps où la chasse est autorisée.

Si les armes, filets, engins ou autres instruments de chasse, n'ont pas été saisis, le délinquant sera condamné à les représenter ou à en payer la valeur, suivant la fixation qui en sera faite par le jugement, sans qu'elle puisse être au-dessous de 50 fr.

Les armes, engins ou autres instruments de chasse abandonnés par les délinquants restés inconnus, seront saisis et déposés au greffe du tribunal compétent. La confiscation, et s'il y a lieu, la destruction en seront ordonnées sur le vu du procès-verbal.

Dans tous les cas, la quotité des dommages-intérêts est laissée à l'appréciation des tribunaux.

ART. 17. En cas de conviction de plusieurs délits prévus par la présente loi, par le code pénal ordinaire ou par les lois spéciales, la peine la plus forte sera seule prononcée.

Les peines encourues pour des faits postérieurs à la déclaration du procès-verbal de contravention pourront être cumulées s'il y a lieu, sans préjudice des peines de la récidive.

ART. 18. En cas de condamnation pour délits prévus par la présente loi, les tribunaux pourront priver le délinquant du droit d'obtenir un permis de chasse pour un temps qui n'excédera pas cinq ans.

Art. 19. La gratification mentionnée en l'art. 10 sera prélevée sur le produit des amendes.

Le surplus desdites amendes sera attribué aux communes sur le territoire desquelles les infractions auront été commises.

Art. 20. L'art. 463 du code pénal ne sera pas applicable aux délits prévus par la présente loi.

SECTION III.

DE LA POURSUITE ET DU JUGEMENT.

Art. 21. Les délits prévus par la présente loi seront prouvés, soit par des procès-verbaux ou rapports, soit par des témoins à défaut de rapports ou procès-verbaux à leur appui.

Art. 22. Les procès-verbaux des maires et adjoints, commissaires de police, officier, maréchal-des-logis ou brigadier de gendarmerie, gendarmes, gardes forestiers, gardes pêche, gardes champêtre ou gardes assermentés des particuliers, feront foi jusqu'à preuve contraire.

Art. 23. Les procès-verbaux des employés des contributions indirectes et des octrois feront également foi jusqu'à preuve contraire, lorsque dans les limites de leurs attributions respectives, ces agents rechercheront et constateront des délits prévus par le paragraphe premier de l'article 4.

ART. 24. Les délinquants ne pourront être saisis ni désarmés; néanmoins, s'ils sont déguisés ou masqués, s'ils refusent de faire connaître leurs noms, ou s'ils n'ont pas de domicile connu, ils seront conduits immédiatement devant le maire ou le juge de paix, lequel s'assurera de leur individualité.

ART. 25. Dans les 24 heures du délit, les procès-verbaux des gardes seront, à peine de nullité, affirmés par les rédacteurs devant le juge de paix ou l'un de ses suppléants, ou devant le maire ou l'adjoint, soit de la commune de leur résidence, soit de celle où le délit aura été commis.

ART. 26. Tous les délits prévus par la présente loi seront poursuivis d'office par le ministère public, sans préjudice du droit conféré aux parties lesées par l'article 182 du code d'instruction criminelle.

Néanmoins, dans le cas de chasse sur le terrain d'autrui, sans le consentement du propriétaire, la poursuite d'office ne pourra être exercée par le ministère public, sans une plainte de la partie intéressée, qu'autant que le délit aura été commis dans un terrain clos. suivant les termes de l'article 2 et attenant à une habitation ou sur des terres non encore dépouillées de leurs fruits.

ART. 27. Ceux qui auront commis conjointement des délits de chasse seront condamnés solidairement aux amendes, dommages-intérêts et frais.

ART. 28. Le père, la mère, le tuteur, les maîtres et commettants, sont civilement responsables des délits de chasse commis par leurs enfants mineurs , non mariés, pupilles demeurant avec eux, domestiques ou préposés, sauf tout recours de droit.

Cette responsabilité sera reglée conformément à l'article 1384 du code civil , et ne s'appliquera qu'aux dommages-intérêts et frais, sans pouvoir toutefois, donner lieu à la contrainte par corps.

ART. 29. Toute action relative aux délits prévus par la présente loi sera prescrite par le laps de trois mois, à compter du jour du délit.

SECTION IV.

DISPOSITIONS GÉNÉRALES.

ART. 30. Les dispositions de la présente loi relatives à l'exercice du droit de chasse ne sont pas applicables aux propriétés de la couronne. Ceux qui commettraient des délits de chasse dans ces propriétés seront poursuivis et punis conformément aux sections II et III.

ART. 31. Le décret du 4 mai 1812 et la loi du 30 avril 1790 sont abrogés , sont et demeurent également abrogés les lois , arrêtés, décrets et ordonnances intervenus sur les matières réglées par la présente loi, et tout ce qui est contraire à ses dispositions.

Voici la loi telle que nous la devons à la chambre des députés. Cette loi a déjà donné lieu à beaucoup de commentaires; messieurs les lièvres et les lapins étaient personnellement intéressés à la question. Nous devions donc nous attendre à quelque commentaire de leur façon. Ce que nous avions prévu est arrivé, et nous donnons ici ce curieux commentaire.

(*Note de l'éditeur.*)

Messieurs les Députés,

Moi, Jean Lapin, petit-fils du Jean que vous a fait connaître le bon Lafontaine — celui-là faisait parler les lapins et ne leur fit jamais la guerre! — Moi donc, Messieurs, je prend la liberté grande de vous écrire au sujet de votre nouvelle loi qui, je puis le dire, est une loi toute personnelle! Je parle de moi et des miens! Trois fois honneur à vous, Messieurs les Députés! Ma parole de Lapin, il était temps, grandement temps, qu'elle vint cette chère loi, attendue avec une impatience que vous comprendrez sans peine. Si la proposition du gouvernement eût échoué, savez-vous, Messieurs les Députés, ce que nous comptions faire, devinez! Mais non, vous ne le devineriez pas. Une grande résolution avait été prise dans notre conseil d'État : et cette résolution la voilà :

Nous passions tous à l'ennemi; je me trompe, nous passions tous du côté de nos amis d'Angleterre! Oui, Messieurs, nous prenions nos bagages; nous formions notre parc d'artillerie de campagne; nous mettions les lapins de guerre en tête de la colonne. — Oui, des lapins de guerre se trouvent chez nous, et dans la République lapine on ne connaît point de paix à tout prix.— Au centre de la colonne, nous placions les enfants, les mères de famille et les vieillards; nous formions l'arrière-garde avec les plus braves, choisis dans notre florissante jeunesse; et nos dispositions ainsi prises, une belle nuit, au clair de la lune, nous partions sans tambour, ni trompette!

Voilà quel était notre projet!

Sans doute, vous allez nous demandez d'où pouvait nous venir cette humeur voyageuse, et pourquoi nous allions en Angleterre de préférence à tout autre pays voisin!

Messieurs les Députés, nous avions deux grands motifs pous agir de la sorte : d'abord, l'Angleterre est notre alliée! il est vrai que la Manche nous sépare; n'importe, entre l'Angleterre et nous, il n'y a jamais que la Manche...; voici pour le premier motif; passons au second :

Dans la séance à jamais mémorable où fut discutée votre sublime loi, un des vôtres a prononcé des paroles qui jamais ne sortiront de notre mémoire, ces paroles remarquables; permettez moi de les citer.

Je cite :

‹ J'ai entendu dire,—ainsi s'exprimait le noble

»orateur, — j'ai entendu dire que, si une visite
»royale était faite par un prince étranger, par
»exemple, par la reine d'Angleterre et par le
»prince Albert, il serait bien extraordinaire
»qu'on fermât au prince et à la reine le plaisir
»de la chasse à Fontainebleau et qu'il ne fût pas
»permis de transporter aux Tuileries le gibier
»qu'on voudrait leur servir sur la table hospi-
»talière du roi : je n'ai qu'une réponse à faire ;
»c'est que si le roi allait faire une visite à la
»reine d'Angleterre, lorsque, dans ce pays la
»chasse est interdite, non seulement il ne trou-
»verait pas sur la table de la reine et du prince
»Albert du gibier tué, mais il ne pourrait pas se
»livrer à l'exercice de la chasse.

»Il est interdit à tous en Angleterre, et là le
»roi est le premier sujet de la loi, et le roi d'An-
»gleterre s'honore de ce titre, comme notre roi
»s'en honore lui-même.»

Voilà, Messieurs les Députés, les admirables
paroles qui nous avaient déterminé à passer en
Angleterre! Vive l'Angleterre! A la bonne heure,
voilà un pays de liberté, où le lapin est respecté
de tous en général et du prince Albert et de la
reine Victoria en particulier.

Messieurs les Députés, puisque j'ai l'honneur
de vous écrire, il faut que je vous fasse ma con-
fession toute entière. Le doute est un péché,
peut-être; alors j'ai péché, pardonnez-moi, j'ai
douté, Messieurs les Députés. J'ai voulu m'as-
surer, par moi-même, s'il était bien vrai, bien
authentique que le lapin jouit en Angleterre du
rare bonheur dont nous venons de parler. Maintenant, j'ai la conviction... Comment m'est-elle
venue? Rien de plus simple. La famille des Jean-

not est fort nombreuse : elle a des représen-
tants dans toutes les parties du monde et dans
d'autres lieux encore; vous ne serez donc pas
étonnés d'apprendre que je possède des cousins
en Angleterre. C'est à l'un d'eux que j'ai écrit;
j'ai encore le brouillon de ma lettre, je vais le
transcrire ici.

De la forêt de Fontainebleau, 2 février 1844.

« Mon cher cousin ,

› Je te prie de répondre immédiatement à la
› question que j'ai l'honneur de t'adresser dans
› la présente. Est-il vrai , cher cousin, que vous
› soyez là-bas aussi heureux que des rats, — pas
› ceux de l'Opéra, — que des rats logés dans un
› fromage ? Est-il vrai que vous vivez dans l'a-
› mour, dans le respect du peuple anglais, de la
› reine Victoria et du prince Albert ? J'attends ta
› réponse avec la plus vive impatience.

» Ton cousin, JEANNOT.

» P. S. J'oubliais de te dire que ma chère Jean-
» nette vient d'accoucher de quatorze enfants. La
» mère et les enfants se portent bien. »

Pardon. Messieurs les Députés, si j'entre ici
dans l'intimité du ménage, mais j'ai cité mon
brouillon tel qu'il était ; voici la réponse qui me
fut faite.

De la forêt de Windsor, 15 février 1844.

« Mon cher cousin de France,

› J'ai reçu ton aimable lettre datée de la forêt
» de Fontainebleau, 2 du courant mois. J'ai
» humecté ta lettre de mes larmes et puis je l'ai

»lue... Je me trompe, je l'ai lue et puis je l'ai
»humectée de mes larmes. Tu le vois, cher cou-
»sin, ma joie en a été telle qu'à ce souvenir seul
»je mets encore la charrue devant les bœufs.
»Ce que tu m'as annoncé de ma cousine Jean-
»nette, n'a pas peu contribué à cette grande al-
»légresse que j'éprouve. Par saint Georges mon
»patron actuel, la famille des Jeannot n'est pas
»près de s'éteindre... De mon côté, ça ne va pas
»trop mal,... aussi... mais venons au but de la
»lettre, m'y voilà.

»Ce qu'on t'a dit du bonheur dont nous jouïs-
»sons ici est de la plus exacte vérité. En douter,
»serait faire injure au peuple hospitalier chez
»lequel nous avons le bonheur de vivre : ainsi
»mon cher cousin, ne doute pas : respect à l'An-
»gleterre !

»Ton cousin JEANNOT, XIV »

Armés de cette conviction, nous partions pour
l'Angleterre, comme j'ai eu l'honneur de vous
le dire ; si votre loi n'eût pas passé, c'en était
fait, vous nous perdiez à jamais. La loi est sortie
triomphante de votre scrutin ; nous restons.

Maintenant, Messieurs les Députés, j'ai une
permission à vous demander ; César a fait des
commentaires sur ses campagnes, vous aussi
vous venez de faire une glorieuse campagne
à notre profit ; je vous demande donc de faire
des commentaires comme César.

Vous me le permettez ! adjugé !

Je commente :

DE L'EXERCICE DU DROIT DE CHASSE.

Art. 1. Ha ! messieurs les députés, ce droit-là devrait-il exister ? Non , il ne le devrait pas ! mais puisqu'il existe , il faut bien en passer par là. Il y a donc du bon dans ce premier article. Ha! pourquoi l'article 30 et 31 ne lui ressemblent-ils ? Je n'en dis pas davantage. Mon commentaire n'ira pas plus loin ; il s'arrête à la *grille royale* ! messieurs les députés , vous comprendrez ma pensée !

Art. 2. On dit qu'il y a de l'aristocratie dans cet article-là. L'objection ne me paraît pas rationnelle. Je la rejette... Nous la rejetons à l'unanimité. Moins il y aura de chasseurs, moins nous aurons d'ennemis !

Art. 3. Je n'aime pas beaucoup cet article-là. Le nombre trois fut toujours un nombre célèbre depuis Pythagore jusqu'à nous. Si je vous cite ce grand homme, ce n'est pas sans motif ; c'est lui qui a inventé la métempsychose ! Ha ! pourquoi tout le monde n'y croit-il pas? le système de Pythagore serait pour nous la meilleure sauvegarde, nous n'aurions pas besoin de votre loi !

Art. 4. A la bonne heure ! voilà un article qui est soigné. Maintenant qu'on ne pourra plus nous *transporter*, notre affaire est bonne !

Art. 5. Quelques-uns des vôtres ont pensé que la charte pouvait être violée par cet article. Erreur ! messieurs les députés nous sommes partisans du système monarchique. Nous voudrions qu'au monde il n'y eût qu'un homme assez puissant pour nous faire la guerre : Le roi : nous sommes donc pour sa charte, et nous ne voudrions pas qu'elle fût violée, même à notre profit.

ART. 6. J'oserai ici vous faire un aveu : Je préférais cet article tel qu'il a été proposé par le gouvernement. Comment un gouvernement qui propose une loi contre la chasse peut-il trouver des adversaires, des ennemis ? Voilà ce que je ne comprends pas ! Voilà ce que je ne comprendrai même jamais.

ART. 7 et 8. Il est ici question des permis de chasse à délivrer. Si vous nous aviez consultés, messieurs les députés, voilà quel eût été notre avis :

« En fait de permis, n'en donnez aucun !

ART. 9. Ho ! messieurs les députés, que de subtilité dans ce malheureux article 9 ! On dirait que M. Machiavel a voulu le rédiger, discuter froidement, de quelle manière on pourra nous faire la guerre! Que diriez-vous, messieurs les députés, d'une nation qui discuterait de qu'elle manière on pourrait vous occir vous et vos enfants!

Et nous aussi, nous sommes pères de famille !

ART. 10. Cet article là vaut beaucoup mieux que le précédent, et nous proposons de décorer de la croix d'honneur tout gendarme qui aura rédigé un procès-verbal en notre faveur. La reconnaissance est la vertu des belles-ames !

Les lapins sont reconnaissants !!

ART. 11. J'aime cet article : J'en raffolle !
Messieurs les députés, depuis trop long temps — depuis Nemrod, je crois — notre vertu était

malheureuse et persécutée. Le crime devait enfin être puni.

Il le sera, ça nous console!

ART. 12. Encore bien!

ART. 13. Encore mieux! et qu'on vienne nous dire que le nombre 13 est un nombre néfaste, parbleu! je n'en croirai rien!

ART. 14. Très bien! Excessivement bien!

ART. 15. Encore mieux! Et la reconnaissance nous force à dire que c'est ici comme chez Nicollet!

ART. 16. Messieurs les députés, je sais que quelques-uns de vous ont combattu la confiscation des armes. Je n'ai qu'un petit commentaire à faire à cet égard. En matière pénale, tout instrument de délit doit être confisqué. Je suis en droit de vous le dire : Moi aussi, messieurs les députés, j'ai fait le mien — de droit !

ART. 17. J'aime cet article. Mais en fait de peines, j'aurais été très *fort* pour la plus *forte*.

ART. 18. Cinq ans de privation! Qu'est-ce que cela? Quand on nous harcelle, on nous meurtrit, on nous assassine depuis des milliers d'années!

ART. 19. Je n'ai rien à dire à cela.

ART. 20. Très bien! Bravissimo! En fait de délit de chasse, je suis de votre avis. Il ne peut exister de circonstances atténuantes. Des circonstances atténuantes, et la *préméditation*, messieurs les députés! quand on vient nous réveiller à cinq heures du matin pour nous fusiller, j'espère qu'il y a *préméditation!*

Point de circonstances atténuantes !

ART. 21. Si les témoins vous manquent pour faire constater le délit, nous nous lèverons tous, comme un lapin, et nous jurerons !

Il est vrai que nous serons ici juges et parties, mais qu'importe ? n'avons-nous pas été martyrs ?

ART. 22 et 23. Toute espèce de procès-verbal sera toujours une excellente chose ! Je ne vous dis que cela, et c'est assez !

ART. 24. Très bien, messieurs les députés, le crime est prompt ; il a la main légère, excessivement légère ; la justice ne doit pas avoir la main trop lente.

On a 24 heures pour maudire ses juges, nous ne voulons pas en accorder davantage pour faire constater le délit.

ART. 25. Une question, messieurs les députés : Pourquoi les délinquants ne seraient-ils pas saisis, désarmés ? Quelle tolérance !

Rien n'est dangereux comme la tolérance !

ART. 26. J'y consens ! nous y consentons tous!

ART. 27. Amendes, dommages-intérêts et frais.

Trois fois bien !

ART. 28. Cet article brille par sa moralité, et nous nous garderons bien de tout amendement, pas même du plus petit !

Père, mère, tuteurs, maîtres, ceci s'adresse à vous ! Elevez vos enfants, vos subalternes, dans la crainte de Dieu, dans le respect qu'il vous doit; c'est très bien ! Mais nous, ne devons-nous pas aussi être respectés ?

Et la métempsychose ? J'en suis toujours là !

Art. 29. Sur cet article 29 , je pourrais faire un long commentaire, si je ne craignais pas d'abuser de votre attention ! Trois mois pour la prescription !

Messieurs les députés, en fait de prescription, les lapins ne reconnaîtront jamais que la prescription trentennaire au lieu de trois mois, c'est trente ans. A cette petite différence près, l'article nous paraît bon !

Art. 30 et 31. Messieurs les députés , j'ai déjà eu l'honneur de vous en faire l'aveu. Je suis un lapin bien *pensant*, avant tout un lapin *monarchique*. Je me garderai donc bien de faire aucun commentaire sur ces deux derniers articles , et dussent les *plaisirs du roi*, nous causer du *déplaisir*, je serai muet : Vous en devinez la raison ! !

Messieurs les députés, je me résume.

Votre loi est entièrement en notre faveur ! donc c'est une bonne loi ; la conséquence est tellement juste, que personne ne sera assez aveugle pour me démentir.

Grâce à cette loi, nous pourrons respirer, faire tranquillement l'amour pendant six mois ! C'est bien quelque chose que cela ! Gloire donc à vous, messieurs les députés, et permettez-nous, à moi, et aux miens, de tresser, en votre honneur, une couronne de reconnaissance, de thym et de serpolet. Cette couronne, notre intention est de la déposer sur le bureau de votre président , afin qu'il vous la présente en notre nom !

Ah ! messieurs les députés ! que votre sainte

et sacrée loi est donc arrivée à temps ! Sans elle, nous n'étions plus des lapins de France !

Nous émigrions ! Emigrer ! quelle horrible pensée ! Le lapin messieurs les députés, aime avant tout son pays. Le chou anglais nous aurait donné le splenn ! Les brouillards de la Tamise nous auraient fait regretter les vents frais de Vincennes, de St-Germain et de Fontainebleau ! Vivre et mourir dans le berceau qui l'a vu naître, voilà la vocation d'un lapin ; c'est son bonheur ! et grâce à vous, ce bonheur sera le nôtre.

Veuillez donc, messieurs les députés, accepter l'offrande parfumée de notre couronne composée de reconnaissance de thym et de serpolet. Ce sont trois fleurs charmantes, et surtout la première!!!

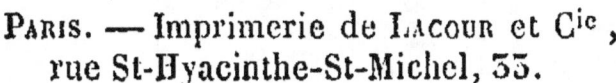

Paris. — Imprimerie de Lacour et Cie, rue St-Hyacinthe-St-Michel, 35.

www.ingramcontent.com/pod-product-compliance
Lightning Source LLC
Chambersburg PA
CBHW060813180626
46818CB00002B/809